Analyse d'œuvre

Rédigé par Pauline Bayet
Sous la direction de Niels Thorez

L'École des femmes

de Molière

Profil Littéraire

MOLIÈRE

- Né en 1622 à Paris.
- Mort en 1673 à Paris.
- **Quelques-unes de ses œuvres :**
    - *Dom Juan ou le Festin de pierre* (1665)
    - *Le Tartuffe ou l'Imposteur* (1669)
    - *Le Malade imaginaire* (1673)

Jean-Baptiste Poquelin, dit Molière, est l'un des plus grands auteurs de théâtre, chefs de troupe et acteurs du XVIIe siècle. Le répertoire de son Illustre Théâtre – du nom de sa compagnie – est d'abord majoritairement constitué de tragédies et de tragi-comédies. Par la suite, Molière écrit lui-même ses premières pièces comiques et, progressivement, offre son heure de gloire à un genre qui, jusqu'alors, était considéré comme mineur et perçu par les doctes comme nocif pour les esprits.

Les principaux ressorts de sa comédie sont les mœurs de la société et de l'individu. Il y dépeint ainsi bon nombre de portraits et de types psychologiques comme ceux de l'avare (*L'Avare*, 1668), de l'hypocondriaque (*Le Malade imaginaire*, 1673) ou encore du misanthrope (*Le Misanthrope*, 1666). Il y fait aussi la critique acerbe de certains aspects de la société : la condition des femmes, la société de classes, l'autorité patriarcale, etc.

Au cours de sa carrière, Molière compose un total de 22 comédies, sept comédies-ballets, une tragédie-ballet, une comédie pastorale héroïque et une comédie héroïque. Parmi les plus connues figurent *Le Tartuffe ou l'Imposteur, Dom Juan ou le Festin de pierre* et *Le Malade imaginaire*. Dans *Le Tartuffe*, le dramaturge fait la satire de la dévotion et de l'hypocrisie. Dans *Dom Juan*, il met en scène un seigneur libertin qui abandonne sa dernière femme pour en séduire de nombreuses autres. Dans *Le Malade imaginaire*, il moque tant l'hypocondriaque Argan que les pratiques des médecins sans scrupules.

L'ÉCOLE DES FEMMES

- **Genre :** théâtre (comédie).
- **1re édition :** 1663.
- **Édition de référence :** SERROY (Jean) (éd.), *L'École des femmes, L'École des maris, La Critique de l'École des femmes, L'Impromptu de Versailles*, Paris, Gallimard, 1985.
- **Personnages principaux :**
  - Arnolphe, alias Monsieur de la Souche : tuteur d'Agnès, il la tient dans l'ignorance et l'innocence dans le dessein de l'épouser sans risquer d'en être dupé.
  - Chrysalde : ami d'Arnolphe, il tente vainement de le raisonner par sa sagesse.
  - Agnès : jeune fille naïve et innocente, pupille d'Arnolphe et amoureuse d'Horace.
  - Horace : amant d'Agnès et fils d'Oronte, grand ami d'Arnolphe.
- **Thématiques principales :** l'amour, la condition féminine, l'institution du mariage, l'adultère.

L'École des femmes, comédie représentée à Paris pour la première fois en 1662, au théâtre du Palais-Royal, éditée en 1663 par l'imprimeur-libraire Guillaume de Luynes, est l'un des premiers grands succès de Molière. Dans cette comédie en cinq actes, le dramaturge dépeint et condamne la condition des femmes de son époque, placées en permanence sous l'autorité masculine. Malgré son succès retentissant et inédit dès sa première représentation, la pièce fait l'objet de multiples controverses et donne lieu à l'historique querelle de *L'École des femmes*.

LA VIE DE MOLIÈRE

MIGNARD (Nicolas), *Molière dans le rôle de César dans la pièce* La Mort de Pompée *de Corneille*, vers 1650, huile sur toile, 75 cm x 60 cm, Paris, Musée Carnavalet-Histoire de Paris.

CHEF DE TROUPE PUIS DRAMATURGE

Jean-Baptiste Poquelin, fils d'artisans-marchands et aîné d'une famille de cinq enfants, fréquente le collège jésuite de Clermont (aujourd'hui lycée Louis-le-Grand), à Paris. Il nourrit déjà un intérêt certain pour le théâtre et assiste avec son grand-père aux spectacles de l'hôtel de Bourgogne, grande salle de théâtre parisienne. Il poursuit des études de droit, reçoit les leçons de Pierre Gassendi (1592-1655), grand philosophe et savant de l'époque, mais, bien que destiné à devenir avocat ou tapissier, il décide de fonder une troupe de théâtre grâce à sa part de l'héritage maternel : en 1643, dix comédiens, dont Joseph (1617-1658), Madeleine (1618-1672) et Geneviève Béjart (1624-1675), composent l'Illustre Théâtre. Le jeune Molière s'attribue alors son pseudonyme, dont l'origine demeure un mystère aujourd'hui encore. Jean-Léonor Le Gallois de Grimarest (1659-1713), son premier biographe, écrit d'ailleurs à ce sujet dans *Vie de M. de Molière* (1705) : « Jamais il ne s'expliquera, ni ne justifiera son choix, même à ses meilleurs amis. » Chef de troupe, Molière fait donc son apprentissage du théâtre par la scène et non par l'écriture.

En 1645, face à la concurrence des autres troupes, l'Illustre Théâtre fait faillite. Criblé de dettes, Molière n'abandonne pas : avec les Béjart, il rejoint une compagnie itinérante de province, pour laquelle il commence à écrire des farces puis des comédies – notamment *L'Étourdi ou les Contretemps*, en 1655, et *Le Dépit amoureux*, en 1656. Cette année-là, il perd la protection d'Armand de Bourbon (1629-1666), prince de Conti. Devenu fervent catholique, celui-ci condamne désormais les comédies de Molière, qu'il considère fondamentalement immorales, puisqu'elles agitent les mauvaises passions. La troupe quitte la province pour s'installer à Paris et Molière obtient la protection de Philippe d'Orléans (1640-1701), frère du roi.

C'est en 1658 qu'il commence à faire des représentations devant la Cour. Le succès de ses comédies qui, pour lui, prétendent « corriger les hommes en les divertissant » (premier placet à Louis XIV sur *Le Tartuffe*, août 1664) lui permet de partager la salle du Palais-Royal avec une troupe de théâtre italienne : les comédiens italiens de Tiberio Fiorilli (1608-1694), dit Scaramouche. Molière interprète un temps les tragédies de Pierre Corneille (dramaturge, 1606-1684), mais c'est avec l'une de ses propres comédies, *Les Précieuses ridicules*, qu'il connaît le triomphe en 1659. Pour éviter les éditions pirates, il commence à faire éditer ses textes. En 1662, il épouse Armande Béjart (1640-1700), de 20 ans sa cadette et dont il a trois enfants : deux fils et une fille, Esprit-Madeleine Poquelin (1665-1723), qui est la seule à lui survivre.

DES SUCCÈS ET DES CONTROVERSES

Les comédies s'enchaînent jusqu'à sa mort à un rythme soutenu. Ce sont surtout des comédies de mœurs, c'est-à-dire qu'elles dépeignent et tournent en dérision la façon dont les hommes agissent en société. Elles traitent de sujets qui, souvent, sont liés à la famille, au mariage ou encore aux différences entre les classes sociales. Il est également question de comédies de caractère qui mettent en scène un défaut précis – l'avarice dans *L'Avare*, par exemple – et instaurent une réflexion universelle sur la nature humaine.

Ces pièces sont parfois violemment contestées, comme c'est le cas pour *L'École des femmes* et pour *Le Tartuffe ou l'Imposteur*, deux comédies jugées contraires à l'éthique et à la morale religieuse et dont la création donne lieu à des querelles historiques. S'instaure alors un jeu de contestations et de ripostes entre Molière et ses adversaires : à ces derniers, le dramaturge répond avec ironie et ardeur dans ses préfaces ou dans de nouvelles pièces qu'il compose à cette fin. Ainsi, en 1663, il écrit notamment une comédie en un seul acte, *La Critique de l'École des femmes*, pour se défendre des accusations de ses détracteurs.

Malgré toutes ces controverses, la troupe bénéficie de la protection de Louis XIV (roi de France, 1638-1715) et est nommée, en 1665, troupe du roi. Cette même année, Molière écrit *Dom Juan* et connaît un succès relativement modeste. En 1666, gravement affaibli par la maladie, il continue à écrire quelques pièces, parmi lesquelles *Le Médecin malgré lui* et *Le Misanthrope*. Il tente à nouveau de publier *Le Tartuffe* – interdit dès sa création en 1664 – sous un autre nom, mais là encore, c'est un échec. Il faut attendre 1669 pour que le texte, largement modifié, soit autorisé et enfin acclamé.

Après *Amphitryon* et *L'Avare* (1668), *Le Bourgeois gentilhomme* (1670), *Les Fourberies de Scapin* (1671) et *Les Femmes savantes* (1672), Molière signe sa dernière pièce, en 1673 : *Le Malade imaginaire*. Alors qu'il en tient le rôle principal sur scène, celui d'Argan, le comédien fait un malaise lors de la quatrième représentation. Il meurt quelques heures plus tard à son domicile, rue Richelieu, le 17 février 1673. À cause de son statut de comédien, il n'a pas droit à une inhumation religieuse et son corps échappe de peu à la fosse commune grâce à l'intervention d'Armande Béjart auprès du roi. Molière est enterré au cimetière Saint-Joseph, pendant la nuit et sans cérémonie. Depuis, sa dépouille a été transférée au cimetière du Père-Lachaise, à Paris.

À la mort de leur chef, les comédiens de Molière sont rejoints par ceux du Marais, s'installent à l'hôtel Guénégaud et deviennent la troupe de théâtre la plus réputée de Paris. En 1680, le roi ordonne leur union avec la troupe de l'hôtel de Bourgogne : c'est l'acte de naissance de la très fameuse Comédie-Française.

RÉSUMÉ DE *L'ÉCOLE DES FEMMES*

Illustration de *L'École des femmes* par François Boucher (dessin) et Laurent Cars (gravure), 1734.

ACTE I : UNE JEUNE FEMME DEUX FOIS CONVOITÉE

Dans une place de ville, Arnolphe et son ami Chrysalde, deux bourgeois, se promènent. Le premier confie au second qu'il aimerait se trouver une femme avec laquelle il ne courrait aucun risque d'être cocufié. C'est dans ce but qu'il a fait élever Agnès, sa pupille, dans un couvent où la jeune fille est maintenue dans l'ignorance. Chrysalde lui fait part de ses doutes sur le bien-fondé d'un tel projet, mais Arnolphe part rejoindre une Agnès qu'il n'a pas vue depuis dix jours et qu'il a confiée à la garde de ses serviteurs, Alain et Georgette.

Arnolphe rencontre Agnès et lui annonce qu'ils auront bientôt une discussion très importante. Horace, fils d'Oronte – un autre grand ami du protagoniste principal – fait son apparition et prévient Arnolphe qu'un homme ayant fait fortune aux Amériques arrive dans la ville. Son nom : Enrique. Horace lui fait encore une autre une confidence : il s'est épris de la jeune Agnès, cachée au monde par un certain Monsieur de la Souche, un « fou », dont il ignore qu'il s'agit en fait d'Arnolphe.

ACTE II : L'IDYLLE CACHÉE D'AGNÈS ET HORACE

Arnolphe se lamente de s'être absenté : il se demande si Agnès ne s'est pas donnée à Horace pendant son voyage. Furieux, il convoque Alain et Georgette et leur demande si un jeune homme n'est pas venu en son absence. Ses craintes sont alors confirmées. Arnolphe compte donc interroger

Agnès, en profitant de sa soi-disant crédulité. Celle-ci avoue rapidement qu'un jeune homme s'est présenté à sa fenêtre et l'a saluée par de nombreuses révérences. Le lendemain, une vieille entremetteuse a conseillé à la naïve Agnès d'accueillir et de soigner ce soupirant. S'ensuit alors un quiproquo au cours duquel Arnolphe tient à savoir si Horace n'a pas pris davantage que les mains et les bras de la jeune femme. Rassuré sur ce point, il veut l'épouser rapidement et déjouer ainsi les projets d'Horace.

ACTE III : LES VAINES PRÉCAUTIONS D'ARNOLPHE

Arnolphe décide que sa pupille doit apprendre les bases pour devenir une épouse convenable. La leçon commence par une mise en garde contre les méfaits de l'adultère. Agnès semble s'être résignée à la volonté de son tuteur. Dans un monologue, Arnolphe exprime le souhait de former Agnès à sa guise pour en faire une épouse fidèle. Horace arrive et se plaint à nouveau auprès d'Arnolphe : le maître de la belle a eu vent de leur relation et semble avoir pris ses précautions. Ainsi, le jeune homme, ignorant que son interlocuteur est aussi son rival, révèle que les valets de la maison lui ont bloqué le passage et que, comble du malheur, Agnès l'a congédié en lui envoyant une pierre. Cependant, celle-ci était entourée d'une lettre dans laquelle la jeune femme lui avoue son amour. Arnolphe passe de la joie à la jalousie et comprend qu'Horace et Agnès s'aiment mutuellement.

ACTE IV : LE PLAN D'ARNOLPHE VACILLE

Arnolphe se rend compte qu'Agnès s'est jouée de lui. Il bout de rage contre Horace, mais il compte bien passer à l'action très rapidement et emporter le cœur de la jeune femme. Un notaire arrive afin de rédiger le contrat de mariage au plus vite pour protéger les intérêts d'Arnolphe et lier Agnès à son tuteur. Mais le notaire est congédié et le mariage reporté. Survient encore Horace qui confie ses dernières mésaventures : alors qu'il voulait rejoindre Agnès en catimini, le maître jaloux est arrivé et il lui a fallu se cacher dans une grande armoire. Arnolphe, désespéré, entend bien piéger Horace. Au cours d'une nouvelle promenade, Chrysalde lui donne pourtant de sages conseils et déclare que pour réussir en amour, il faut avant tout être intègre. Mais sitôt qu'il a pris congé de son ami, Arnolphe organise un guet-apens avec Alain et Georgette : il s'agit de battre Horace à coups de bâtons pour le dissuader de revenir.

ACTE V : L'AMOUR TRIOMPHE DES MANIPULATIONS D'ARNOLPHE

Georgette et Alain pensent avoir battu à mort Horace. Celui-ci, caché, surprend Arnolphe seul et il lui confie avoir échappé au guet-apens en faisant le mort. Agnès est venue à son secours et lui a déclaré son amour. Il cherche maintenant à la protéger et demande à Arnolphe d'héberger son amante. Ce dernier jubile. Agnès est donc restituée à Arnolphe et, tandis qu'elle reconnaît le vieil homme, celui-ci lui annonce aussi qu'il compte bien l'épouser. Cependant, Agnès, qui lui préfère Horace, le repousse en dépit de cette déclaration. Désarmé, Arnolphe la confie à Alain, afin qu'il l'enferme. Horace vient retrouver Arnolphe pour lui demander de l'aide : en effet, Oronte, son père, est arrivé en ville et désire le marier de force à une inconnue : la fille du seigneur Enrique. Il faut donc qu'Arnolphe intercède en sa faveur et l'aide à convaincre son père.

Chrysalde, Oronte et Enrique arrivent alors chez Arnolphe. Celui-ci trahit sa parole, n'aide pas Horace comme convenu et essaie au contraire d'arranger son mariage selon les souhaits d'Oronte. Ce faisant, il se dévoile à son rival sous le nom de M. de la Souche. Sûr de son triomphe, il fait venir Agnès et s'apprête à l'emmener. Mais la véritable identité de cette dernière est révélée : il s'agit de la fille cachée d'Enrique, promise à Horace. Arnolphe quitte la scène dépité, tandis que les deux amoureux vont prononcer leurs vœux.

L'ŒUVRE EN CONTEXTE

LE RENOUVEAU DES ARTS SOUS LE ROI-SOLEIL

Avant l'arrivée de Louis XIV au pouvoir, la littérature française connaît deux mouvements importants. Tout d'abord le baroque, qui prend peu de place en France par rapport au reste de l'Europe et s'instaure en réaction à l'austérité de la religion protestante. Il est tout de même représenté dans l'hexagone par des auteurs d'écrits comiques comme Paul Scarron (écrivain, 1610-1660) ou Savinien de Cyrano de Bergerac (écrivain, 1619-1655).

L'autre mouvement qui se dégage en amont du classicisme est la préciosité. Ce mouvement, dont Molière fait la critique virulente dans *Les Précieuses ridicules*, vise à produire un langage caractérisé par la recherche d'un effet, même si celui-ci peut être risible. En outre, il promeut la recherche d'un amour non charnel, idéalisé. De tels éléments sont d'ailleurs décisifs dans l'écriture de Molière, lorsqu'il s'agit de tourner en ridicule des personnages comme Arnolphe, par exemple.

Au moment où Molière commence à écrire, Louis XIV remet en place un système de mécénat, afin que les auteurs et les créateurs d'arts soient protégés. Outre Molière, des auteurs comme Jean Racine (dramaturge, 1639-1699), Nicolas Boileau (écrivain et théoricien, 1636-1711), mais aussi des paysagistes comme André Le Nôtre (jardinier du roi, 1613-1700) en bénéficient. Le Roi-Soleil étant un amateur d'art, il organise également des fêtes où des artistes comme Molière et Jean-Baptiste Lully (compositeur italien naturalisé français, 1632-1687) donnent des représentations.

Sous l'impulsion de Louis XIV se crée surtout un nouveau mouvement littéraire, théorisé par Boileau (*L'Art poétique*, 1674) et le grammairien Gilles Ménage (1613-1692) : le classicisme. Ce mouvement se définit par opposition au baroque. En effet, ce dernier voit le monde en élaboration, tandis que pour le classicisme le monde est achevé et beau. Le mot baroque vient du portugais *borroco*, qui caractérise une perle irrégulière : rien que ce mot met en avant la particularité du mouvement, où les bornes ne sont pas clairement définies, soit tout le contraire du classicisme qui est parfaitement codifié. Le classicisme élabore également pour le théâtre des règles de bienséance et de vraisemblance : pas de représentations obscènes ou de meurtres sur la scène ; on ne joue que ce que l'on peut croire, tandis que les mauvaises passions des personnages sont châtiées. Enfin, la règle des trois unités – temps, action et lieu – est mise en place : il doit y avoir une action principale, dans une journée et dans un lieu précis. Sous l'influence de Louis XIV – et celle des mécènes –, le classicisme s'impose au sein des salles parisiennes. Mais l'apport du Roi-Soleil aux arts et à la culture dépasse le cadre du théâtre et s'étend, par exemple, à la musique et à la poésie.

VERS UNE LÉGITIMATION DU THÉÂTRE

Le XVIIe siècle est une époque florissante pour la langue française et la littérature. Comme nous l'avons vu, le classicisme s'impose en France, notamment dans le domaine du théâtre. Le genre connaît son âge d'or avec de grands auteurs comme Pierre Corneille ou Jean Racine du côté de la tragédie, mais également avec Molière pour la comédie. Mais avant cette époque, et surtout au Moyen Âge, le théâtre est perçu comme un simple divertissement de foire. On essaye donc de le légitimer et d'en faire un genre noble. On lui construit de vrais bâtiments – comme le fameux théâtre du Palais-Royal, à partir de 1637 – car, jusqu'alors, les représentations sont faites sur la place publique. Il s'agit aussi de rendre le théâtre plus lisse, en instaurant notamment la règle de bienséance : le but est de lui donner une fonction morale. Si les tragédies purgent les passions par le phénomène de catharsis, les comédies doivent corriger les mœurs par le rire. Cependant, avec cette légitimation du théâtre et son succès, les réfractaires – en particulier du côté des autorités religieuses – sont de plus en plus nombreux à le condamner : de fait, ils considèrent que le théâtre corrompt les mœurs.

UN THÉÂTRE DE RENOUVELLEMENT DES GENRES

Le XVIIe siècle se caractérise également par la reprise des genres et textes antiques. Ainsi, les grands dramaturges que sont Corneille et Racine remportent un vif succès, respectivement avec des pièces tragiques telles que *Médée* (1635) ou *Iphigénie* (1674). Mais la comédie, considérée comme un genre mineur jusqu'à la création de *L'École des femmes*, se trouve littéralement écrasée par l'héritage d'un théâtre antique qui n'a laissé que très peu d'œuvres comiques. Dans ce contexte, Molière apporte au genre un nouveau souffle : ses pièces contiennent une dimension critique et comportent plusieurs niveaux de lecture. De plus, le dramaturge trouve de nouveaux ressorts comiques et s'appuie sur des personnages caricaturaux, caractérisés par un défaut majeur – c'est le cas, comme nous l'avons déjà souligné, dans *L'Avare*.

En France, dans les autres genres littéraires, le comique a pour référence les écrits de François Rabelais (écrivain, 1494-1553) et notamment *Les Horribles et Épouvantables Faits et Prouesses du très renommé Pantagruel* (1532) et *La Vie inestimable du grand Gargantua, père de Pantagruel* (1534). Des écrits qui s'inscrivent cependant dans une perspective humaniste – celle des travaux du chanoine Érasme (philosophe et théologien, 1469-1536) –, tandis que Molière a une visée plus générale : il ne s'intéresse pas aux hommes, mais à des types. À la même époque, l'autre dramaturge reconnu pour ses écrits comiques est Paul Scarron. Cependant, celui-ci verse plus dans le registre burlesque, en parodiant des œuvres classiques – par exemple, son *Virgile travesti* est une parodie de *L'Énéide* – et en s'inspirant davantage des comédies espagnoles que de la fameuse *commedia dell'arte* italienne. L'apport de Molière est tout autre : à cette période, en France, il est le seul à révolutionner le genre comique au théâtre.

LA PLACE DE *L'ÉCOLE DES FEMMES* DANS L'ŒUVRE DE MOLIÈRE

L'École des femmes est la première très grande œuvre du dramaturge, notamment en raison de son inscription dans les codes du classicisme. Composée de cinq actes – fait rare dans la littérature française –, elle marque le basculement de Molière comme figure incontournable du théâtre comique et annonce ses futurs succès intemporels.

Le thème est inspiré d'une nouvelle espagnole de María de Zayas y Sotomayor (auteure espagnole, 1590-1661), *El prevenido engañado* (1637), qui narre les mésaventures d'un homme décidant, pour éviter d'être trompé, d'épouser une femme ignorante. *L'École des femmes* arrive d'ailleurs après plusieurs autres pièces de Molière traitant du cocuage, et notamment *L'École des maris* (1661), comédie en trois actes qui prenait déjà pour sujet l'éducation, en mettant en scène deux frères élevant chacun à sa manière une pupille ; si l'un, confiant et indulgent, finit par épouser sa protégée, le second, trop sévère, se voit cocufié par la sienne. Avec sa nouvelle comédie, Molière se veut plus ambitieux, alliant une dimension comique frisant souvent avec la grivoiserie au sujet sérieux de l'éducation féminine, multipliant les scènes et dotant ses personnages de caractères complexes.

Si le cocuage est pour le dramaturge gage de succès auprès du public, il lui sert surtout à mettre en avant l'un des enjeux principaux de *L'École des femmes*, à savoir son message d'accès à l'éducation pour les femmes. La question de la place de la femme et de son éducation peut d'ailleurs être perçue comme un leitmotiv dans l'œuvre de Molière, qui lui consacre plusieurs comédies telles que *Les Précieuses ridicules* ou *Les Femmes savantes*. Dans ces dernières pièces, le dramaturge ne s'attaque plus à l'ingénuité, mais à la fausse science, à ces femmes soi-disant éduquées, qui se contentent en réalité de ne connaître que des futilités.

ANALYSE DES PERSONNAGES

ARNOLPHE (OU MONSIEUR DE LA SOUCHE)

Molière dans le rôle d'Arnolphe.

Arnolphe, dont le nom renvoie au saint patron des maris trompés (saint Ernol), est le personnage type du barbon, c'est-à-dire, au théâtre, un homme relativement âgé, ridicule ou odieux, qui souhaite épouser une jeune fille de façon légitime ou non. En effet, dans *L'École des femmes*, Arnolphe alias M. de la Souche – du nom plus aristocratique qu'il se donne – souhaite épouser sa pupille, Agnès, qu'il a stratégiquement élevée dans l'ignorance, en la plaçant dans un couvent isolé. C'est d'ailleurs en vertu de cette ignorance qu'Arnolphe désire épouser la jeune femme, car il vit dans la hantise de se voir cocufier un jour. Il pense que la naïveté d'Agnès peut le préserver.

Arnolphe, qui considère Agnès comme son bien, s'éprend peu à peu d'elle, tandis qu'elle se détache progressivement de lui. Sa jalousie croissante le conduit à vouloir toujours se faire aimer davantage de la jeune femme. Alors qu'Agnès acquiert de plus en plus de dignité au fil de la pièce, Arnolphe, lui, se ridiculise en cherchant les faveurs de celle qu'il indiffère. À la fin de la pièce, sa manipulation est révélée à tous et il quitte la scène en disgrâce totale. Lui qui n'est en effet jamais sans ressource ni avare de paroles, se retrouve muet, comme le suggère cette ultime didascalie : « [Arnolphe] s'en allant tout transporté, et ne pouvant parler. »

Arnolphe est un personnage riche et complexe. Ainsi, il rompt avec la tradition des personnages de comédies et de farces antérieures, dont la psychologie n'était pas exploitée. En effet, s'il incarne le personnage type du barbon ridicule, Molière le fait pourtant évoluer en le dotant d'une psychologie complexe. D'abord risible, il devient pathétique et suscite ainsi chez les spectateurs des sentiments contradictoires : on rit de son extravagance et de ses obsessions, mais il nous fait également éprouver de la compassion. Aussi, ce n'est pas Agnès qui est au centre de la pièce, mais bien Arnolphe. D'ailleurs, celui-ci apparaît dans toutes les scènes à l'exception d'une seule. Molière choisit donc de mettre l'accent sur le personnage victime de son ridicule.

AGNÈS

Agnès est le personnage féminin principal de *L'École des femmes*. Son nom évoque en lui-même la candeur et l'innocence, puisqu'il renvoie à la figure de sainte Agnès, martyre à 13 ans. Au début de la pièce, Agnès n'apparaît que très peu et ses répliques sont aussi brèves qu'ingénues. Son personnage est d'ailleurs introduit par Arnolphe, qui la présente comme une jeune fille naïve et ignorante : « Et celle que j'épouse a toute l'innocence. » (v. 79) Elle est ensuite évoquée par Horace, qui la décrit uniquement pas ses attraits physiques et non par ses capacités intellectuelles : « Je vous avouerai donc avec pleine franchise/ Qu'ici d'une beauté mon âme s'est éprise. » (v. 311-312)

Par la suite, elle est éveillée à l'amour par Horace et cet amour l'amène à s'extraire de l'ignorance dans laquelle son tuteur l'a plongée depuis son enfance. À partir de ce moment-là, Agnès acquiert progressivement de l'importance, tant sur le plan de l'action que sur la scène. D'abord naïve et innocente, elle devient une jeune fille rusée et intelligente, capable d'affirmer sa propre volonté, ainsi que le suggère sa dernière réplique : « Je veux rester ici. » (v. 1727) Elle sait aussi faire preuve d'audace et se rebeller contre le joug de son tuteur, par exemple, lorsqu'elle transmet une lettre à Horace malgré son interdiction.

Fille du seigneur Enrique sans le savoir, élevée par Arnolphe dont elle est la pupille, sa généalogie cachée sera à l'origine du dénouement heureux de la pièce, puisqu'elle se voit promise par son père à Horace, l'homme qu'elle aime déjà.

HORACE

Horace est le fils d'Oronte, un ami d'Arnolphe. C'est le personnage par lequel s'opère le retournement de la situation initiale, c'est-à-dire l'élévation spirituelle d'Agnès et la déchéance d'Arnolphe. Il est le personnage typique de l'amoureux, empruntant son nom – Horatio – et sa naïveté aux héros des comédies italiennes. En effet, Horace ne perçoit pas le lien d'identité qui existe entre Arnolphe et M. de la Souche durant toute la pièce et ne saisit pas non plus le trouble de ce dernier, lorsqu'il évoque Agnès devant lui. Ainsi, son utilité est presque purement fonctionnelle : il est l'intermédiaire de l'action, mais il n'y participe que de façon passive. Pour preuve, il subit à chaque fois les décisions d'autres personnages, notamment celles de son père qui cherche à lui imposer une épouse – celle-ci se révèlera par un heureux hasard être Agnès. Il est donc loin d'être le héros vertueux et l'amant confiant qu'il aurait pu être si la pièce avait été une tragédie.

L'habitude qu'il prend de se confier sans cesse à Arnolphe crée le mécanisme essentiel au bon fonctionnement de l'intrigue. En se choisissant ainsi le pire confident qui soit, l'homme qui l'empêche de parvenir à ses fins avec Agnès, Horace construit lui-même les obstacles à son idylle, ce qui ne manque pas d'ajouter au comique de la pièce.

CHRYSALDE

Chrysalde est le personnage moralisateur de la pièce. À chacune de ses rares apparitions – au début et au terme de la pièce –, il essaye de raisonner son ami Arnolphe. Ainsi, il y a un effet de dualité entre ces deux personnages. Le premier, qui incarne la voix de la raison, décrit d'ailleurs l'autre comme un « fou » : « Ma foi, je le tiens fou de toutes les manières. » (v. 195) Dès la première scène de l'acte I, Chrysalde exprime ses doutes sur le bien-fondé du projet de son ami. Il tient alors des propos annonciateurs qui renvoient au fait qu'Arnolphe est sur le point de se ridiculiser : « Oui ; mais qui rit d'autrui/ Doit craindre qu'en revanche on rie aussi de lui. » (v. 46-47) C'est aussi grâce à Chrysalde que le spectateur apprend des informations capitales pour la compréhension de la pièce : par exemple, le lien d'identité entre Arnolphe et M. de la Souche. Enfin, c'est avec l'une de ses répliques que se conclut la pièce sur le thème fameux de l'arroseur arrosé.

ANALYSE DES THÉMATIQUES

LA CONDITION FÉMININE

L'enfermement éducatif

Le thème de l'éducation des jeunes filles et de leur place dans la société est bien sûr au cœur de la pièce et lui inspire d'ailleurs son nom : *L'École des femmes*. Au XVIIe siècle, les jeunes filles n'ont quasiment aucun droit et sont entièrement soumises aux hommes. Dans un premier temps, elles se placent sous l'autorité du père ou de leur tuteur ; ensuite, sous celle de leur mari. Elles sont ainsi dans un état d'enfermement physique et intellectuel permanent.

Agnès est représentative de cet enfermement, puisqu'après avoir été cloîtrée dans un couvent et élevée dans l'ignorance la plus complète, elle reste séquestrée chez un tuteur à qui elle doit obéissance. C'est ce que suggèrent, par exemple, ces répliques injonctives d'Arnolphe : « Point de bruit davantage. Montez là-haut. » (v. 640-641) ; « C'est assez, je suis maître, je parle : allez, obéissez. » (v. 642) De plus, Agnès est gardée par deux domestiques – Alain et Georgette – et doit rendre compte de toutes ses entrevues à l'autorité masculine, incarnée par Arnolphe. C'est le cas lorsqu'elle raconte à son tuteur tous les détails de sa première rencontre avec Horace (acte II, scène V).

Ce manque d'ouverture sur le monde extérieur induit aussi une fermeture de l'esprit : de fait, Agnès n'a de représentation de la société qu'à travers le prisme de ce que son tuteur veut bien lui faire voir. Cette volonté de domination d'Arnolphe sur sa pupille constitue, pour lui, une préparation au mariage ; elle permet aussi à Molière de représenter la condition féminine dans une société du XVIIe siècle qui entretient les inégalités entre hommes et femmes :

> « Votre sexe n'est là que pour la dépendance :
> Du côté de la barbe est la toute-puissance.
> Bien qu'on soit deux moitiés de la société,
> Ces deux moitiés pourtant n'ont point d'égalité :
> L'une est moitié suprême et l'autre subalterne ;
> L'une en tout est soumise à l'autre qui gouverne. » (v. 700-704)

En définitive, l'enfermement éducatif voulu par Arnolphe lui permet d'inculquer à Agnès la soi-disant supériorité de l'homme sur la femme et d'asseoir un rapport de force qui, selon lui, doit s'appliquer dans le mariage.

Les inégalités au sein du mariage

Le mariage constitue le sujet principal de discussion entre les personnages. Molière en fait une véritable critique, lorsqu'il n'est pas le fruit de l'amour, mais celui des intérêts, comme c'est le cas pour Arnolphe. Au terme de la pièce, le mariage d'Agnès et Horace, quant à lui, n'est plus seulement un mariage forcé, conclu entre deux pères, mais bien un mariage d'amour : il ne s'agit plus d'un mariage « arrangé », dès lors que les deux personnages s'aiment.

Au cours de la pièce, la thématique du mariage se décline aussi autour de cette idée que beaucoup d'entre eux se soldent par le cocufiage d'un mari. L'adultère féminin, selon Arnolphe, est inacceptable, mais à l'inverse, il n'est fait nulle mention de l'adultère masculin, ce qui témoigne encore une fois des inégalités caractérisant ici les rapports entre les hommes et les femmes.

La condition des femmes de l'époque peut d'ailleurs être encore résumée par ce dialogue entre Alain et Georgette, dans l'acte II, scène III :

> « ALAIN : C'est que la jalousie... Entends-tu bien, Georgette,
> Est une chose... là... qui fait qu'on s'inquiète...
> Et qui chasse les gens d'autour d'une maison.
> Je m'en vais te bailler une comparaison,
> Afin de concevoir la chose davantage.
> Dis-moi, n'est-il pas vrai, quand tu tiens ton potage,
> Que si quelque affamé venait pour en manger,
> Tu serais en colère, et voudrais le charger ?
> GEORGETTE : Oui, je comprends cela.
> ALAIN : C'est justement tout comme.
> La femme est en effet le potage de l'homme ;
> Et quand un homme voit d'autres hommes parfois
> Qui veulent dans sa soupe aller tremper leurs doigts,
> Il en montre aussitôt une colère extrême.
> GEORGETTE : Oui ; mais pourquoi chacun n'en fait-il pas de même,
> Et que nous en voyons qui paraissent joyeux
> Lorsque leurs femmes sont avec les biaux Monsieux. » (v. 427-442)

Ici, la comparaison entre la femme et le potage illustre parfaitement la condition féminine que dénonce Molière. En effet, bien que le discours des deux paysans soit plutôt naïf et comique – à l'image de cette comparaison, leurs propos regorgent d'allusions à la nourriture et l'acte de manger –, l'idée sous-jacente est bel et bien véridique : dans la société du XVIIe siècle, la femme est conçue comme un objet – une soupe ! – dont l'homme fait sa propriété.

Vision moderne de la femme par le personnage d'Agnès

À travers le personnage d'Agnès, Molière donne une vision résolument moderne du mariage et de la condition féminine. En effet, le personnage d'Agnès prend, au fil de la pièce, beaucoup d'assurance. Progressivement, la jeune fille s'émancipe. Dans le premier acte, ignorante et séquestrée, elle fait encore preuve d'une honnêteté ingénue : « Il n'a presque bougé de chez nous, je vous jure. » (v. 477), avoue-t-elle à propos d'Horace sans rien dissimuler à son tuteur. Plus tard, cette sincérité va se muer en ruse et en courage pour lui permettre de se libérer de cette autorité patriarcale à laquelle elle est aliénée. C'est ainsi qu'elle dupe son maître et fait parvenir une lettre à son amant Horace, en l'attachant au grès qu'elle jette par sa fenêtre. Et déjà, cette lettre rend compte du changement qui s'opère en elle : « Comme je commence à connaître qu'on m'a toujours tenue dans l'ignorance, j'ai peur de mettre quelque chose qui ne soit pas bien, et d'en dire plus que je ne devrais. » (acte III, scène IV) Agnès s'affirme, et ce jusqu'à exprimer sa volonté la plus ferme dans sa dernière réplique : « Je veux rester ici. » (v. 1727) Agnès constitue donc, en quelque sorte, un personnage précurseur dans la lutte pour l'émancipation des femmes. Elle se libère de l'emprise de son tuteur pour affirmer sa volonté et, par là même, libère aussi son esprit.

Si dans la pièce, les personnages masculins dominent par leur nombre (sept personnages masculins contre deux personnages féminins), c'est pourtant bel et bien l'esprit féminin qui prend le dessus. En effet, tandis qu'Arnolphe se ridiculise tout au long de la pièce par son extravagance, tandis qu'Horace demeure un personnage passif, c'est Agnès qui incarne le plus grand nombre de valeurs, qu'il s'agisse du courage, de la force ou de l'intelligence. Ainsi, l'esprit féminin, tel que dépeint par Molière, dispose de ressources qui n'ont rien à envier à celles des hommes. Et c'est porter là, dans une société où elles sont encore perçues comme inférieures, un regard très novateur.

En outre, incarnant un nouvel idéal, le personnage d'Agnès ne s'oppose pas moins aux précieuses que Molière critique avec verve dans *Les Précieuses ridicules*. En effet, contrairement à ces femmes pédantes qui, au XVIIe siècle, se rassemblent dans des salons et prétendent se distinguer par le raffinement de leurs traits d'esprit et de langage, Agnès ignore ces prétentions et incarne une humilité pure et sincère. Toutefois, écrit Jean Serroy, c'est aussi le plein épanouissement de tous les êtres humains, hommes ou femmes, que revendique Molière à travers *L'École des femmes* :

> « Si Molière prend en compte la revendication féministe des précieuses concernant la légitimité, pour les filles, d'une éducation que la société du temps se refuse à leur donner, c'est moins pour défendre les femmes en tant que telles [...] que pour affirmer l'imprescriptible liberté pour tout être humain de pouvoir être lui-même. » (SERROY (Jean) (éd.), *L'École de femmes*, Paris, Gallimard, 2000, p. 26.)

UN AMOUR TOUT-PUISSANT

L'amour au cœur de la pièce

Au début de la pièce, les personnages ignorent ce qu'est véritablement l'amour : pour Arnolphe, le mariage est intéressé ; pour Agnès, il ne représente que des contraintes et des obligations, en écho à ce que lui a appris Arnolphe. Celui-ci ne parle d'ailleurs pas d'amour ; il ne fait qu'aborder le thème des relations adultères, et ses plans pour Agnès n'ont rien à faire avec les sentiments. À titre d'exemple, il considère que le mariage est une cérémonie décisive, qui doit astreindre l'épouse à certains commandements. En témoigne cette citation de l'acte III, scène II : « Le mariage, Agnès, n'est pas un badinage :/ À d'austères devoirs le rang de femme engage. » (v. 695-696) De même, lors de la scène précédente, Arnolphe enjoint sa pupille à lire un document intitulé « Les Maximes du mariage ou les Devoirs de la femme mariée », l'occasion, une fois encore, d'évoquer les devoirs de soumission de la femme qui, selon lui, sont conséquents au mariage.

Pourtant, Arnolphe commence à se rendre compte au début de l'acte IV que des sentiments pour sa pupille s'éveillent en lui : « Je l'aime, et cet amour est mon grand embarras. » (v. 1054) Il ne prend conscience de ses émotions qu'à travers la jalousie qu'il éprouve : « Mon cœur aura bâti sur ses attraits naissants,/ Et cru la mitonner pour moi durant treize ans,/ Afin qu'un jeune fou dont elle s'amourache/ Me la vienne enlever jusqu'à sur la moustache,/ Lorsqu'elle est avec moi mariée à demi ! » (v. 1030-1034) Au contraire, l'amour entre Horace et Agnès est un sentiment pur et sincère, qui éclot dès leur rencontre, faisant comprendre à la jeune fille que cette affection mutuelle n'a rien à voir avec les préceptes édictés par Arnolphe. Cet amour est donc voué à triompher, alors que celui d'Arnolphe, nourri par de mauvaises passions, le fait courir à l'échec.

Dans *L'École des femmes*, l'amour finit donc par tout renverser : Agnès fait preuve de force d'esprit et de caractère pour épouser celui qu'elle aime, et Arnolphe s'éveille à une forme de tendresse en éprouvant de la jalousie à l'égard d'Horace.

L'amour, surtout, triomphe à la fin de la pièce, dès lors que toutes les manipulations d'Arnolphe ne parviennent pas à empêcher les échanges amoureux entre les deux amants ni à contrarier le mariage d'amour qui doit les unir. En effet, Agnès et Horace découvrent finalement que leur mariage avait été conclu d'avance par leurs parents respectifs. Arnolphe n'aurait donc rien pu faire pour l'éviter. Ainsi, ce dernier acquiert une certaine dimension de héros tragique, puisqu'on comprend qu'il n'a fait que lutter en vain contre une fatalité qui l'accable finalement.

À l'école de l'amour

D'abord ingénue, Agnès fait ensuite preuve de ruse, et ce avant tout grâce à l'amour qu'elle porte à Horace. En effet, dans sa pièce, Molière considère que l'amour va de pair avec une certaine élévation de l'esprit. Ainsi, dans *L'École des femmes*, l'intelligence d'Agnès est perçue comme quelque chose de soudain, voire comme un miracle : « Oui, ce dernier miracle éclate dans Agnès. » (v. 910) Cet éclat d'esprit n'est donc pas inhérent à sa personnalité, mais provient du miracle opéré par l'amour, ce qui lui procure une dimension quasi religieuse. Dans l'acte III, scène IV, Horace en fait d'ailleurs l'éloge dans cette tirade où il confère à l'amour son statut de « maître » et d'éducateur :

> « Il le faut avouer, l'amour est un grand maître :
> Ce qu'on ne fut jamais il nous enseigne à l'être ;
> Et souvent de nos mœurs l'absolu changement
> Devient, par ses leçons, l'ouvrage d'un moment ;
> De la nature, en nous, il force les obstacles,
> Et ses effets soudains ont de l'air des miracles ;
> D'un avare à l'instant il fait un libéral,
> Un vaillant d'un poltron, un civil d'un brutal ;
> Il rend agile à tout l'âme la plus pesante,
> Et donne de l'esprit à la plus innocente. » (v. 900-909)

L'amour est donc perçu comme un sentiment tout-puissant qui transforme les choses en les rendant meilleures. Il instruit l'ignorante Agnès qui n'a dès lors plus d'autre maître que l'amour lui-même – voilà qui justifie le titre de la pièce.

À l'inverse, Arnolphe qui, au début de la pièce, prétend étendre son savoir à tous les domaines et croit pouvoir s'éviter les ennuis que l'amour et les femmes réservent à bien d'autres maris, se découvre au final totalement ignorant en matière d'amour. Aux yeux d'Agnès, il souffre d'ailleurs nettement sur ce point de la comparaison avec Horace : « Vraiment, il en sait donc là-dessus plus que vous ;/ Car à se faire aimer il n'a point eu de peine. » (v. 1539-1540) Pourtant, ce personnage fondamentalement ridicule acquiert une nouvelle dimension lorsqu'il éprouve pour la première fois de l'amour pour Agnès. Alors, Arnolphe attise en nous la pitié et la compassion, tant son apprentissage à lui se fait dans la douleur.

Ainsi, l'amour modifie notre vision de la pièce : Agnès devient un personnage plein d'intérêt et Arnolphe devient un personnage pour lequel il nous est possible d'éprouver de l'empathie. En outre, tandis qu'Agnès s'élève par l'amour, Arnolphe reste fermé d'esprit durant toute la pièce et finit par prendre la fuite sans pouvoir prononcer d'autre mot que « Oh ! ». Le voici donc réduit à l'hébétude. Chacun a ainsi sa propre école, mais Molière insiste surtout ici sur les prédispositions d'esprit d'Agnès qui, si elles se sont épanouies grâce au miracle de l'amour, préexistaient déjà à sa rencontre avec Horace. Et de fait, si ses facultés d'esprit ne s'étaient pas dévoilées jusque-là, c'est uniquement parce que son tuteur, par l'éducation qu'il lui inculquait, avait choisi de les étouffer. Au terme de la représentation, pourtant, l'éducation par l'amour prévaut sur toutes les autres et triomphe.

STYLE ET ÉCRITURE

ENTRE DIMENSION FARCESQUE ET RÉALISME COMIQUE

Une comédie farcesque

Dans sa comédie, Molière emprunte de nombreux éléments caractéristiques de la farce du Moyen Âge, genre précurseur de la comédie qui vise alors le rire grossier et où il est commun que l'arroseur finisse arrosé, à l'instar d'Arnolphe à la fin de *L'École des femmes*. À la farce, Molière emprunte d'abord son canevas narratif : l'intrigue est simple et repose principalement sur la tromperie – en effet, Arnolphe craint le cocuage. Les personnages sont très peu nombreux et représentent des types bien précis au premier abord : Arnolphe incarne le vieux barbon, Horace l'amoureux et Agnès l'ingénue. La pièce met également en scène une relation de maître à domestiques, ici représentés par le duo que forment Alain et Georgette. Ces personnages secondaires n'ont d'ailleurs vocation qu'à alimenter le rire et chacune de leurs interventions, épisodique et brève, amène une suite de quiproquos et de situations grotesques.

C'est ainsi le cas dès leur première apparition – dans l'acte I, scène II –, tandis que Georgette et Alain tardent à ouvrir à leur maître. Cette scène est typique de la farce et les différents procédés comiques s'y retrouvent, comme le comique de répétition : « GEORGETTE : Vas-y, toi. ALAIN : Vas-y, toi. GEORGETTE : Ma foi, je n'irai pas. ALAIN : Je n'irai pas aussi. » (v. 202) On y observe également le comique de mots : « Le plaisant strodagème » (v. 210), se réjouit Alain en écorchant la langue et le mot « stratagème ». Il y a aussi, à plusieurs reprises, un comique de gestes très lié à la farce, notamment lorsqu'il s'incarne dans des actions ridicules comme c'est le cas dans cette didascalie : « Arnolphe ôte par trois fois le chapeau de dessus la tête d'Alain. » (v. 221)

En outre, *L'École des femmes* adopte une dimension grivoise par moments, comme c'est principalement le cas avec la farce. En effet, nous pouvons repérer des allusions licencieuses, éparpillées dans toute la pièce. Par exemple : « J'empêche, peur du chat, que mon moineau ne sorte. » (v. 206), déclare Alain, alors que le moineau et le chat, dans l'imaginaire de l'époque, sont connotés sexuellement. Ou encore, lorsque Agnès indique avoir été inquiétée par les puces la nuit, ce qui, pour le spectateur, évoque les démangeaisons amoureuses, liées à l'absence de l'amant. Une scène est plus que toute autre représentative de ce ton grivois : c'est, bien sûr, la fameuse scène entre Agnès et Arnolphe dans l'acte II, scène V :

> « ARNOLPHE : Ne vous a-t-il point pris, Agnès, quelque autre chose ?
> *La voyant interdite.*
> Ouf !
> AGNÈS : Hé ! il m'a...
> ARNOLPHE : Quoi ?
> AGNÈS : Pris...
> ARNOLPHE : Euh !
> AGNÈS : Le...
> ARNOLPHE : Plaît-il ?
> AGNÈS : Je n'ose,

> Et vous vous fâcherez peut-être contre moi.
> [...]
> ARNOLPHE : Non, non, non, non. Diantre, que de mystère !
> Qu'est-ce qu'il vous a pris ?
> AGNÈS : Il...
> ARNOLPHE, *à part* : Je souffre en damné.
> AGNÈS : Il m'a pris le ruban que vous m'aviez donné.
> À vous dire le vrai, je n'ai pu m'en défendre. » (v. 571-589)

Ainsi, Molière ne rompt pas totalement avec la tradition farcesque du Moyen Âge et reprend quelques-uns des ressorts comiques de l'époque, purement destinés au divertissement et à la raillerie.

Une comédie psychologique

Cependant, si Molière reprend certains aspects de la comédie d'autrefois, il renouvelle aussi les codes du genre et lui apporte une certaine dimension psychologique pour dépasser le pur divertissement grotesque. Ainsi, les personnages de *L'École des femmes* ne représentent pas seulement des types. En effet, nous constatons qu'Arnolphe et Agnès évoluent au fil de la pièce et nous, spectateurs, voyons se développer le fil de leurs pensées intimes sous plusieurs formes et notamment, pour Arnolphe, celle du monologue. C'est le cas ici, dans l'acte IV, scène I :

> « J'ai peine, je l'avoue, à demeurer en place,/ Et de mille soucis mon esprit s'embarrasse,
> Pour pouvoir mettre un ordre et dedans et dehors/ Qui du godelureau rompe tous les efforts.
> De quel œil la traîtresse a soutenu ma vue !/ De tout ce qu'elle a fait elle n'est point émue ;

> Et, bien qu'elle me mette à deux doigts du trépas,/ On dirait, à la voir, qu'elle n'y touche pas.
> Plus, en la regardant, je la voyais tranquille,/ Plus je sentais en moi s'échauffer une bile ;
> Et ces bouillants transports dont s'enflammait mon cœur/ Y semblaient redoubler mon amoureuse ardeur ;
> J'étais aigri, fâché, désespéré contre elle,/ Et cependant jamais je ne la vis si belle,
> Jamais ses yeux aux miens n'ont paru si perçants,/ Jamais je n'eus pour eux des désirs si pressants ;
> Et je sens là-dedans qu'il faudra que je crève/ Si de mon triste sort la disgrâce s'achève. » (v. 1008-1025)

Ce monologue prend un aspect introspectif, tant Arnolphe prend conscience de ses sentiments pour Agnès et les analyse ici en détail. Ainsi, nous pouvons appréhender la psychologie du personnage et celui-ci en acquiert beaucoup plus de profondeur ; il n'est plus réductible au type du barbon ridicule qu'il incarnait jusque-là. De plus, nous remarquons une progression au sein même de ces monologues : alors que ceux des premiers actes n'illustrent que le ridicule du personnage et sa volonté de concevoir des plans pour épouser Agnès, le dernier révèle davantage une réelle sincérité amoureuse du personnage. Le spectateur est alors beaucoup plus à même d'éprouver de la compassion pour lui.

Le réalisme psychologique de ces personnages tient également au fait que le ridicule d'Arnolphe provient de sa nature profonde et non de sa caricature : de fait, Molière considère que l'homme est naturellement ridicule. Dès lors, il ne s'appuie pas uniquement sur la *vis comica* (le pouvoir de faire rire) de la comédie bouffonne, et les grimaces exagérées, telles que nous pouvions les retrouver dans les farces, sont remplacées par un caractère humain ordinaire mais psychologiquement aliéné par les mœurs de la société dans laquelle le personnage évolue. Ainsi, son obsession pour le cocuage s'enracine dans un aveuglement moral plus profond que le simple trait de caractère comique, qui pousse le personnage à agir de façon totalement extravagante. Le rire gratuit de la comédie bouffonne acquiert ici une fonction morale et sociale. Il va même jusqu'à explorer les mouvements du cœur et de l'âme, défiant par là les lois tacites de la comédie qui, jusqu'alors, ne lui reconnaissaient qu'une fonction purement divertissante. C'est d'ailleurs cette mise à nu de la conscience humaine qui sera mal perçue par les autorités religieuses, seuls directeurs de la conscience à cette époque.

Le peintre de la société

À travers sa pièce, Molière dépeint les mœurs de la société du siècle pour mieux en faire la satire. Ses sujets sont ceux qui agitent alors les débats, comme c'est le cas de la condition féminine. Ses armes principales en matière d'écriture sont l'ironie et la parodie.

L'une des scènes ayant d'ailleurs le plus choqué les spectateurs, lors de la première représentation, est celle au cours de laquelle Molière parodie les dix commandements à travers « Les Maximes du mariage ou les Devoirs de la femme mariée ». Les règles qui s'y trouvent énoncées sont aberrantes et, de fait, Molière y réinvestit le thème de l'éducation des jeunes filles pour livrer une attaque acerbe contre les bien-pensants :

> « **VIIe maxime**
> Dans ses meubles, dût-elle en avoir de l'ennui,
> Il ne faut écritoire, encre, papier, ni plumes :
> Le mari doit, dans les bonnes coutumes,
> Écrire tout ce qui s'écrit chez lui. » (v. 780-784)

À travers ce passage des maximes, le problème concernant la place de la femme dans la société est encore mis en lumière. En outre, Molière s'attaque également à ceux qui produisent des écrits et des traités pour régler des thèmes farfelus comme, ici, celui de ne pas risquer d'être cocufié.

UNE PIÈCE QUI VISE LA SIMPLICITÉ ET LA CLARTÉ

Une structure minimaliste

Molière choisit de se démarquer des grandes comédies de l'époque, représentées surtout par la comédie espagnole – la *comedia*, qui privilégie l'intérêt romanesque de l'intrigue plutôt que les valeurs du caractère humain – ou par la *commedia dell'arte* italienne, dans lesquelles les intrigues étaient complexes et difficiles à suivre, tant elles changeaient en permanence.

Au contraire, dans ses comédies, Molière simplifie au maximum le nœud des intrigues. Les personnages sont peu nombreux et les principaux éléments sont annoncés dans la scène d'exposition (dans *L'École des femmes* : le ridicule d'Arnolphe, son mariage arrangé avec Agnès, etc.). Ici, pas de multiples intrigues cousues entre elles ; il n'y a qu'un fil conducteur : le triomphe de l'amour entre Agnès et Horace face aux manipulations d'Arnolphe. Le cadre lui-même est extrêmement simplifié, puisqu'une seule didascalie s'attache à sa description, au début de la pièce : « La scène est dans une place de ville. » (p. 101) En outre, les didascalies, qui donnent des indications sur la mise en scène, sont également très peu nombreuses et souvent très brèves. Cela montre que Molière met sans doute moins l'accent sur les détails scéniques de la pièce que sur la parole, qui véhicule les traits de caractère des personnages et qui développe aussi l'aspect psychologique et social de la pièce.

Un langage adapté

Molière adopte un langage relativement simple par opposition au langage très raffiné utilisé dans les grandes tirades des tragédies classiques. Mais l'une de ses grandes forces, en termes d'écriture, est d'attribuer à chacun de ses personnages un langage qui correspond à sa classe sociale. En effet, les scènes entre Arnolphe et Chrysalde, deux personnages issus d'une classe bourgeoise, sont composées sous forme de longues tirades, écrites dans un langage soutenu. Au contraire, les scènes entre Alain et Georgette, les deux domestiques, sont constituées de répliques très brèves dans un vocabulaire simpliste. Cette comparaison des différents niveaux de langage est particulièrement manifeste dans cette scène qui réunit Alain, Georgette et Arnolphe :

> « GEORGETTE : Le cœur me faut.
> ALAIN : Je meurs.
> ARNOLPHE : Je suis en eau, prenons un peu d'haleine ;/ Il faut que je m'évente, et que je me promène.
> Aurais-je deviné, quand je l'ai vu petit/ Qu'il croîtrait pour

> cela ? Ciel ! que mon cœur pâtit !
> Je pense qu'il vaut mieux que de sa propre bouche/ Je tire avec douceur l'affaire qui me touche.
> Tâchons de modérer notre ressentiment./ Patience, mon cœur, doucement, doucement.
> Levez-vous, et rentrant, faites qu'Agnès descende./ Arrêtez.
> Sa surprise en deviendrait moins grande :
> Du chagrin qui me trouble, ils iraient l'avertir,/ Et moi-même je veux l'aller faire sortir.
> Que l'on m'attende ici. » (v. 402-415)

Cela est également visible à travers l'évolution intellectuelle d'Agnès. Si au début, les répliques qu'elle échange avec son tuteur sont très pauvres – par exemple sa première réplique : « Oui Monsieur, Dieu merci. » (v. 233) –, elle étoffe son vocabulaire au fil de la pièce. Ainsi, la lettre qu'elle fait parvenir à Horace est représentative de cette évolution langagière :

> « On me dit fort que tous les jeunes hommes sont des trompeurs, qu'il ne les faut point écouter, et que tout ce que vous me dites n'est que pour m'abuser ; mais je vous assure que je n'ai pu encore me figurer cela de vous, et je suis si touchée de vos paroles, que je ne saurais croire qu'elles soient menteuses. » (v. 963-969)

L'enrichissement de son vocabulaire va ainsi de pair avec le foisonnement progressif d'une parole qui, désormais, révèle ses traits d'esprit.

Un rythme soutenu

Cette visée de clarté et d'efficacité se retrouve au sein même du système de répliques de la comédie. En effet, dans *L'École des femmes*, Molière, dans un souci d'équilibre, alterne des scènes au rythme assez lent – comme les longs échanges de tirades entre Chrysalde et Arnolphe ou encore les monologues de ce dernier – avec des dialogues très vifs, dans lesquels les répliques entre les personnages s'enchaînent et fusent très rapidement. De fait, certaines scènes – majoritairement celles impliquant des personnages secondaires tels qu'Alain, Georgette ou encore le notaire – sont là pour insuffler des effets comiques, mais ont aussi pour fonction d'aérer le rythme de la pièce. Pour illustrer ces enchaînements de répliques à visée comique, nous pouvons prendre l'exemple de ce dialogue entre Arnolphe et Agnès dans l'acte II, scène V :

> « ARNOLPHE : La promenade est belle.
> AGNÈS : Fort belle.
> ARNOLPHE : Le beau jour !
> AGNÈS : Fort beau.
> ARNOLPHE : Quelle nouvelle ?
> AGNÈS : Le petit chat est mort. » (v. 459-460)

Pour renforcer l'effet comique de ces dialogues, Molière recourt aussi à des interjections qui expriment les sentiments des personnages d'une façon extrêmement rapide et vivace. Par exemple, pour la surprise : « Oh ! » (v. 592) ; pour l'amertume : « Eh... » (v. 333) ; pour la colère : « Hon ! Chienne ! » (v. 974), etc. Cela crée encore une fois un effet d'accélération entre les répliques. Ainsi, Molière maîtrise parfaitement le rythme de ses pièces et parvient à les équilibrer en alternant entre de longs monologues à portée psychologique et des échanges plus vifs qui tendent davantage à créer des effets comiques.

LA RÉCEPTION DE *L'ÉCOLE DES FEMMES*

UN SUCCÈS CONTROVERSÉ

Dès sa première représentation, le 26 décembre 1662, au théâtre du Palais-Royal, la pièce connaît un vif succès et rapporte, rien que pour cette première, plus de 1 500 livres – ce qui est alors inédit pour le théâtre comique. Cependant, ce succès sans précédent s'accompagne d'une vague d'attaques et donne ainsi lieu à la première querelle marquante de la carrière de Molière. Ces charges visent tout d'abord certains aspects de la pièce qui, aux yeux de ses opposants, vont à l'encontre de la morale et pourraient choquer les spectateurs : par exemple, la parodie de sermon et des dix commandements – « Les Maximes du mariage » – qu'Arnolphe fait lire à Agnès (acte III, scène II) ou encore le quiproquo grivois au cours duquel Arnolphe craint de découvrir qu'Agnès ait pu perdre sa virginité (acte II, scène V). Ce dernier lui vaut bien des critiques de la part des plus fervents dévots.

Parmi les premiers détracteurs de la pièce figure Jean Donneau de Visé (écrivain, 1638-1710). D'une part, celui-ci rend compte des ressemblances qui existent entre *L'École des femmes* et l'une des précédentes pièces de Molière, *L'École des maris* : de fait, toutes deux sont notamment centrées sur le thème de l'éducation des jeunes femmes. Donneau de Visé consacrera même deux comédies à sa critique (*Zélinde* et *Réponse à l'Impromptu de Versailles*). S'il concède que le succès de Molière est bien réel, il ne conteste pas moins cette pièce qu'il juge truffée de fautes morales. À propos de *L'École des femmes*, il écrit dans son recueil d'anecdotes, *Les Nouvelles Nouvelles* : « Tout le monde l'a trouvé méchante, et tout le monde y a couru. » Et encore : « C'est le sujet le plus mal conduit qui fut jamais, et je suis prêt à soutenir qu'il n'y a point de scènes où l'on ne puisse faire voir une infinité de fautes. » D'ailleurs, ce sont précisément ces fautes – morales et structurelles – qui, pour Donneau de Visé, font connaître à Molière le succès. En effet, le dramaturge prend une grande liberté vis-à-vis des règles d'unités qui régissent le théâtre classique et innove aussi dans les sujets qu'il aborde, en s'attardant davantage sur les problèmes de société. En d'autres termes, on lui reproche alors sa modernité et son affranchissement à l'égard des règles. Il répond à ces critiques dans la préface de *L'École des femmes*.

UN VRAI COMBAT PAR PIÈCES INTERPOSÉES

Quelques mois plus tard, en juin 1663, Molière répond à ces critiques dans *La Critique de l'École des femmes*. Dans cette pièce, les personnages discutent de *L'École des femmes* et confrontent leurs points de vue : d'un côté, il y a les défenseurs (Dorante, un ami de Molière, Uranie la maîtresse de maison et Élise, une femme d'esprit) et, de l'autre, se trouvent les opposants (le pédant et jaloux Lysidas, le sot et prétentieux Marquis et la dévote et chaste Climène). La pièce permet à Molière de légitimer le rire et de réhabiliter la comédie qui, pour lui, est un genre tout aussi noble que l'est la tragédie.

Les répliques ne se font pas attendre et la première vient de Donneau de Visé : celui-ci écrit *Zélinde ou la Véritable Critique de l'École des femmes*, dans laquelle il rend compte des condamnations visant Molière. La deuxième vient d'Edme Boursault (romancier et dramaturge, 1638-1701) qui, entre la fin du mois de septembre et le début du mois d'octobre 1663, fait monter à l'hôtel de Bourgogne une pièce nommée *Le Portrait du peintre ou la Contre-Critique de l'École des femmes*. Dans cette dernière, il inverse la situation : les spectateurs attaquent *L'École des femmes*, tandis que les ridicules l'adulent.

Molière répond encore à cette nouvelle attaque avec virulence et crée alors *L'Impromptu de Versailles*, en octobre 1663. Au-delà de sa pièce, il y défend sa personne et tout son théâtre, se moque de Boursault et du jeu des acteurs de l'hôtel de Bourgogne. Boursault riposte une dernière fois dans la préface du *Portrait du peintre*, s'indignant des propos de Molière, tandis que Donneau de Visé renchérit avec sa *Réponse à l'Impromptu de Versailles ou la Vengeance des marquis*, en décembre 1663.

La querelle de *L'École des femmes* prend fin lors d'une soirée de décembre 1663, au cours de laquelle la troupe de Molière et la troupe royale de l'hôtel de Bourgogne jouent successivement *La Critique de l'École des femmes*, *La Contre-Critique de Boursault*, *L'Impromptu de Versailles* et *L'Impromptu de l'hôtel de Condé*, dans laquelle Montfleury (acteur, 1608-1667) raille à son tour Molière. Notons ici, pour conclure, que dans leur article « Comment Molière inventa la querelle de *L'École des femmes* », Georges Forestier et Claude

Bourqui, professeurs à la Sorbonne, avancent l'hypothèse que cette querelle pourrait n'être en fait qu'une stratégie publicitaire bien avisée. Pour eux, Molière aurait sciemment décidé de raviver le feu des attaques portées à *L'École des femmes* : « Ainsi, en proposant le 1er juin 1663 un spectacle aussi provocateur que cette *Critique de l'École des femmes*, Molière avait délibérément choisi de raviver les braises presque éteintes de la "fronde" qui avait accueilli la création de *L'École* six mois plus tôt. »

ET AUJOURD'HUI ?

La comédie de Molière est encore d'actualité, tant les thèmes qu'elle aborde sont intemporels et universels – par exemple, la valeur de l'amour et les inégalités liées à la condition féminine.

En effet, si les femmes ont acquis bien des droits depuis la création de la pièce, en 1662, le problème des inégalités entre les hommes et les femmes persiste encore dans notre société. La pièce est toujours étudiée car, dans sa richesse, elle nous donne une image représentative des mœurs de la société et des codes théâtraux du XVIIe siècle.

Elle a également été réactualisée et remise au goût du jour par Catherine Anne, dramaturge et metteuse en scène qui, en 1995, a écrit une pièce autour de ce personnage emblématique de la condition féminine qu'est Agnès : *Agnès hier et aujourd'hui*. La pièce reprend le thème de la domination masculine et la relation semi-incestueuse qui unit Agnès à Arnolphe. Sur scène, constituant un diptyque avec la pièce originale, l'œuvre de Catherine Anne souligne la portée universelle des messages qu'elle transmet.

De nombreuses autres adaptations théâtrales de *L'École des femmes* ont été réalisées. Celle de Louis Jouvet (acteur, metteur en scène et directeur de théâtre, 1887-1951), en 1936, reste encore la plus connue aujourd'hui. Elle mettait en avant le personnage d'Arnolphe qui, tout en ayant une dimension tragique, était surtout fidèle à la farce et au comique.

Il n'y a à ce jour aucune adaptation cinématographique de la pièce, mais, en 1973, Raymond Rouleau a réalisé un téléfilm dans lequel Isabelle Adjani campe le rôle d'Agnès dans toute son innocence et sa beauté.

Votre avis nous intéresse !
Laissez un commentaire sur le site de votre librairie en ligne
et partagez vos coups de cœur sur les réseaux sociaux !

BIBLIOGRAPHIE

SOURCES BIBLIOGRAPHIQUES

- COMBEAU (Bernard), *Molière, l'homme-théâtre*, Toulouse, Milan, 1999.
- CONESA (Gabriel), *Le dialogue moliéresque : étude stylistique et dramaturgique*, Paris, Presses universitaires de France, 1983.
- DARMON (Jean-Charles), DELON (Michel) et PRINGENT (Michel), *Histoire de la France littéraire. Volume II. Classicismes : XVII*e*-XVIII*e *siècle*, Paris, Presses universitaires de France, 2006.
- FORESTIER (Georges) et BOURQUI (Claude), « Comment Molière inventa la querelle de *L'École des femmes...* », in *Littératures classiques*, n° 81, 2013, p. 185-197.
- MOLIÈRE, *L'École des femmes, L'École des maris, La Critique de l'École des femmes, L'Impromptu de Versailles*, Paris, Gallimard, 1985.
- ZUBER (Roger), *La littérature française du XVII*e *siècle*, Paris, Presses universitaires de France, 1997.

SOURCES COMPLÉMENTAIRES

- DANDREY (Patrick), *La guerre comique : Molière et la querelle de* L'École des femmes, Paris, Hermann, 2014.
- MORY (Christophe), *Molière*, Paris, Gallimard, 2007.
- VOLTAIRE, *Vie de Molière avec de petits sommaires de ses pièces*, Paris, Le Promeneur, 1992.

QUELQUES MISES EN SCÈNE

- *L'École des femmes*, mise en scène de Louis Jouvet, France, 1936.
- *L'École des femmes*, mise en scène de Marcel Maréchal avec Aurelle Doazan, France, 1988.
- *Agnès hier et aujourd'hui*, mise en scène de Catherine Anne, France, 1995.
- *L'École des femmes*, mise en scène de Didier Bezace avec Pierre Arditi et Agnès Sourdillon, France, 2001.
- *L'École des femmes*, mise en scène de Christian Schiaretti avec Robin Renucci et Jeanne Cohendy, France, 2014.

ADAPTATION CINÉMATOGRAPHIQUE

- *L'École des femmes*, téléfilm de Raymond Rouleau avec Isabelle Adjani, Bernard Blier, Gérard Lartigau, France, 1973.

SOURCES ICONOGRAPHIQUES

- *Molière dans le rôle de César dans la pièce* La Mort de Pompée *de Corneille*, tableau de Nicolas Mignard, vers 1650, huile sur toile, 75 cm x 60 cm, Paris, Musée Carnavalet-Histoire de Paris. La photo reproduite est réputée libre de droits.
- Illustration de *L'École des femmes* par François Boucher (dessin) et Laurent Cars (gravure), 1734. La photo reproduite est réputée libre de droits.
- Molière dans le rôle d'Arnolphe. La photo reproduite est réputée libre de droits.

www.profil-litteraire.fr

Éditeur responsable : Lemaitre Publishing
Avenue de la Couronne 382 | BE-1050 Bruxelles
info@lemaitre-editions.com

ISBN ebook : 978-2-8062-7548-6
ISBN papier : 978-2-8062-7549-3
Dépôt légal : D/2016/12603/16
Couverture : © Lisiane Detaille.